L'ALBIONADE,

OU

MADEMOISELLE NOBLET A LONDRES,

POËME,

EN UN CHANT.

———

DÉDIÉ AU TRÈS-HONORABLE LORD COMTE DE FIFE.

———

Par M. AMÉDÉE DE TISSOT,

Auteur des Tragédies de Darius, de la Saint-Barthélemy, de la Comédie du Médecin Libéral, ainsi que de plusieurs Opéras et Productions politiques, et d'un Projet d'Hygiène et de Statistique Médicale universelles, approuvé par l'Académie de Médecine de Paris ; inventeur du Polydrame (espèce de tragédie à grand spectacle), d'un système d'application du Télégraphe à l'usage du Commerce, ainsi que de deux nouveaux Ordres d'Architecture, et d'une manière inconnue de bâtir les Maisons et les Villes, et Auteur enfin de plusieurs Ouvrages en prose sans hiatus, en vers de 16 et de 14 syllabes, en vers blancs, en vers de 8 et de 12 syllabes cadencés, etc., etc, etc.

DEUXIÈME ÉDITION.

A PARIS;

Se trouve chez DELAUNAY, BARBA, DENTU, Libraires, au Palais-Royal.

———

1822.

AU TRÈS-HONORABLE

LORD COMTE DE FIFE.

MILORD,

Le noble protecteur des arts, dans un pays où ils ont un si grand besoin d'appui, daignera-t-il agréer la dédicace d'un ouvrage, dont le sujet du moins n'est pas étranger à ses goûts et à ses attributions, puisqu'il s'agit de la danse de théâtre? J'ose m'en flatter, et me félicite de trouver cette occasion de lui présenter l'hommage des sentimens respectueux avec lesquels j'ai l'honneur d'être

Son très-humble et très-obéissant Serviteur,

AMÉDÉE DE TISSOT,

Neveu du célèbre Médecin de ce nom.

L'ALBIONADE.

. . . .
. . . .
. . . .
. . . .

Je chante une beauté, jeune, aimable et légère,
Qui tour-à-tour déesse, ou princesse ou bergère,
Par un talent exquis, par de nobles bienfaits,
Devint dans Albion l'honneur du nom Français.

NOBLET (tel est le nom de l'objet que j'encense)
N'a point reçu du ciel une illustre naissance ;
Ses titres de noblesse auront été distraits,
On peut les contester...... mais non pas ses attraits.
Eh que font nos aïeux, dans le siècle où nous sommes?
C'est le mérite seul qui distingue les hommes.

---

* La première édition de ce Poëme a été publiée à Londres dans le mois de juillet. L'Auteur, dans cette seconde édition, a cru devoir faire le sacrifice de quelques vers qui commençaient ce Poëme.

Si je me tais aussi sur l'éclat de son rang,

Son joli bras du moins n'a pas versé de sang!

Conquérant fastueux! dont la rage inhumaine

Répand dans la nature et l'horreur et la haine;

Toi qui dans tes fureurs, ministre du trépas,

Par des fleuves de sang ruisselant sous tes pas,

Te croyais assuré d'une gloire suprême;

Approche, vois Noblet et juge-toi toi-même.........

Quatre lustres à peine ont formé ses appas;

Tel brave est moins fameux après mille combats:

Loin des foudres de guerre et des tristes alarmes,

Sa gloire à l'univers n'a point coûté de larmes!

Que dis-je? son empire est l'empire des cœurs,

Et de l'humanité sa main tarit les pleurs!

Héros! qui nous vantez votre race divine,

Pâlissez et tremblez! voilà mon héroïne!.........

Dans ce séjour superbe et protégé des cieux

Où règne sous Louis un peuple généreux;

Près de ces bords fleuris où la Seine captive,

Promène avec respect son onde fugitive;

Dans ces murs consacrés au culte de l'amour,

Où les grâces enfin ont fixé leur séjour;

C'est là, c'est à Paris, que leur jeune écolière,

Pour orner leur triomphe a reçu la lumière.

On dit que Terpsichore, en voyant ses progrès,

Jeune encor lui prédit les plus rares succès;

Qu'en des songes charmans cette muse immortelle

Vient parfois dans la nuit lui servir de modèle,

Et même que Zéphire, en lui soufflant ses pas,

L'élève et la soutient pendant ses entrechats!

Mais on la calomnie; un pied mignon m'assure

Que Noblet ne doit rien qu'à la seule nature......

   Déjà la renommée honorant ses travaux

Avait requis d'office et gazette et journaux,

Et des roses de Flore[1] en ornant leurs colonnes

A ses brillans débuts décernait des couronnes.

Son nom bientôt fameux avait passé les mers,

Mille cœurs enflammés soupiraient dans ses fers.

Hélas! c'était en vain, l'amour à son aurore

Sur le cœur de Noblet ne régnait point encore,

Mais ce dieu sait enfin tout soumettre à ses lois;

Quelle femme à Paris est rebelle à sa voix!

---

[1] Mademoiselle Noblet a débuté par ce rôle dans le ballet de Flore et Zéphire.

Là s'élève à jamais un temple magnifique ;

Où tout semble créé par un pouvoir magique,

Des rois de l'orient les palais fastueux,

Les sables des déserts, les jardins somptueux,

Les rochers et les bois, et les vertes campagnes,

Les monumens pompeux, les mers et les montagnes,

Paraissent tout à coup aux regards étonnés,

Et l'orchestre y commande à des fronts couronnés.

Là de l'astre des nuits les clartés inégales,

Nous montrent les tombeaux des modernes vestales,

Qui des lois de Vénus connaissant les douceurs,

N'iront point habiter ces sombres profondeurs.

Plus loin dans les enfers les pâles Danaïdes

Attendent les tourmens qu'on doit aux parricides ;

Quand de malins démons, pressant leurs jolis corps,

Leur font à très-haut prix expier tous leurs torts.

Ici le machiniste est le maître du monde ;

Au signe de sa main, le jour fuit, le ciel gronde ;

La nature s'écroule ou renaît à sa voix,

Lui seul à l'univers sait imposer des lois ;

D'un souffle il fait mouvoir les cieux, l'enfer, la terre ;

La foudre, quand il veut, fait trembler le parterre,

Et le dieu de Milton, parlant aux élémens,

Les trouva moins soumis à ses commandemens......

    Mais le voile se lève ; un concert admirable

Vient répandre en mon ame un charme inexprimable.

Quels sons ! quelle harmonie ! et quels divins accords !

Que l'homme paraît grand dans ces nobles transports !

Un dieu même, je crois, et l'anime et l'inspire ;

Viens, écoute ! Apollon ! pleure et brise ta lyre.

    Dans ce cirque pompeux qu'ornent mille beautés,

Quel tableau se présente à mes sens enchantés ?

C'est Flore, conduisant cent nymphes demi-nues,

Dont l'art sut embellir les grâces ingénues :

La gaze transparente, organe des amours,

Découvre et fait briller leurs superbes contours.

Que Zéphire est heureux d'y choisir ses amantes !

Que d'attraits ! que d'appas ! quelles formes charmantes !

Mais je m'arrête... O dieu ! ne puis-je donc nommer

Tout ce que la nature a formé pour aimer ?...

Je gémis, je soupire, et ma lèvre muette

Brûle, s'ouvre et se meurt, sans trouver d'interprète !

    C'est là que Terpsichore a fixé son séjour,

Noblet faisait déjà l'ornement de sa cour,

Le talent avant elle « attendait les années, »

Nos Psiché, nos Vénus étaient toujours fanées;

Mais elle d'un seul pas a reconquis ses droits,

Flore n'a que vingt ans, pour la première fois.

« Viens, » lui dit Terpsichore, avec un noble geste,

Car on ne parle pas dans ce séjour céleste;

» Nymphe digne de moi, viens; traversons les mers,

» Je prétends que ton nom remplisse l'univers.

» Dans Albion demain tu dois suivre mes traces,

» Jetons sur la beauté la ceinture des grâces.

» Des roses du plaisir entourons ses appas,

» Pour plaire et pour briller qu'elle imite tes pas.

» Les filles d'Albion sont belles et sensibles;

» Mais leur taille est guindée et leurs reins peu flexibles,

» Grand défaut selon moi; mais fort rare à Paris;

» Viens, j'emmene avec toi mes plus chers favoris;

» Oui, Marie avec Paul...... ce nom suffit sans doute !

» Sous l'aile de Zéphire on ne craint point la route.

» Tu rougis, je t'entends. Partons donc dès ce jour,

» Partons avec les ris, les grâces et l'amour. »

A ce discours NOBLET répond par un sourire;

Sans aimer, à son âge un jeune cœur soupire.

Bref on part, on arrive, et l'Anglais désormais,

N'a rien, après le thé, qu'il préfère aux Français.

Londres! cité superbe! ou qui bientôt doit l'être,

Puisqu'un nouvel Auguste est aujourd'hui ton maître;

Et qu'ami des beaux arts, bienfaisant, généreux,

Il étend sur tes murs ton sceptre glorieux!

Que j'aime à contempler son active industrie,

Cet esprit tout-puissant :...... l'amour de la patrie!

Ces trottoirs, qui garans des jours du plébéien,

Montrent qu'un peuple libre estime un citoyen;

Cette lumière enfin si brillante et si vive

Que je foule à mes pieds, inutile et captive;

Mais qui sortant bientôt par mille jets divers,

Tel qu'un astre éclatant, éclaire un univers.

L'heureux printemps alors par sa douce influence,

Sur les cœurs des humains exerçait sa puissance;

La rose printanière entr'ouvrait ses trésors,

Jusqu'aux cieux Philomèle élevait ses accords.

Dans un bosquet charmant, NOBLET, dont l'ame pure

Ne connaît de baisers que ceux de la nature,[1]

---

[1] Monsieur et Madame Noblet ont accompagné Mademoiselle leur fille à Londres, où dans ce moment ils sont encore.

Jeune fleur que l'amour réserve à ses autels,

Sommeillait loin du bruit et des tristes mortels.

Sur l'émail d'un gazon son jolis bras repose,

Même en dormant, toujours avec grâce elle pose ;

Et ce voile importun, que suit l'œil enchanté,

Réunit la décence avec la volupté.

Devant elle soudain se présente une femme

Qui porte dans ses yeux une céleste flamme ;

A ses traits immortels, c'est la divinité,

A ses bienfaits, le cœur nomme l'humanité !

« Ce n'est pas toi, Noblet, » que ma voix importune,

» Dit-elle, « Je le sais ; mais bientôt la fortune

» Va, juste cette fois, t'accorder sa faveur :

» Des humains trop souvent elle endurcit le cœur.

» Ajoute les vertus à l'éclat de tes charmes :

» Tu connais le plaisir de répandre des larmes,

» D'aider, de soulager, d'aimer les malheureux ;

» Tout français est sensible et naquit généreux !

» Si tu chéris la gloire, en est-il de plus grande ?... »

Mais un infortuné demandait une offrande :

Elle y vole, et Noblet, prête à la devancer,

Au-devant de ses pas eût voulu s'élancer,

Quand le songe finit aux rayons de l'aurore ;

L'infortune n'est plus, sa main la cherche encore !...

Déjà l'avertisseur, maudissant son métier,

Avait en rechignant parcouru son quartier,

Et dès l'aube du jour, ivre et faisant les esses

Enlevait à Morphée et nymphes et déesses,

On dit que chez H..... entrant trop brusquement,

Tandis que dans son lit elle avait son amant,

Il prit, sans voir trop clair, la jambe d'un Hercule.

En vain notre galant et se cache et recule ;

L'avertisseur tient ferme et l'arrache du lit ;

L'amour est cette fois pris en flagrant délit,

Et notre homme trompé dans son humeur lutine,

Croyant bien fourrager une peau blanche et fine,

Ne connut son erreur que lorsqu'un bras nerveux

Enfin, par un soufflet, lui fit ouvrir les yeux.

Tu ne crains point, Noblet ! de semblable aventure,

Ta sagesse toujours a vaincu la nature ;

L'avertisseur chez toi peut entrer sans trembler.

A ton aspect pourtant il paraît se troubler.

Eh qui peut sans désirs contempler tant de charmes !

Les beaux yeux de Noblet, encor mouillés de larmes,

Peignaient du sentiment la tendre volupté.

Au lever de Vénus je n'ai point assisté ;

Mais il me semble voir sa ceinture de roses,

Sa grâce, ses appas, ses lèvres demi-closes,

Et son tendre embarras, quand un songe enchanteur

Des charmes d'Adonis avait bercé son cœur.

Oui, telle était NOBLET, l'avertisseur chancelle,

Jamais femme à ses yeux n'avait paru si belle.

Madame, lui dit-il, le Roi viendra ce soir

A l'opéra, je crois, tout exprès pour vous voir ;

A cette faveur là vous deviez vous attendre ;

Il aime les talens, vous allez le surprendre.

On répète au théâtre, Anatole en courroux

Peste contre son monde et n'attend plus que vous ;

Roland qui pense vaincre en ce jour de bataille,

Se pâme de plaisir en admirant sa taille.

Vestris, * par sa vigueur attire tous les yeux,

Ses mouvemens sont vifs ; mais que vous dansez mieux !

Là dans les complimens sa langue s'embarrasse,

Et NOBLET qui rougit du reste lui fait grâce.

---

* C'est madame Vestris dont il est ici question : née en Italie, cette jolie
danseuse obtient tous les jours de nouveaux applaudissemens.

« O Dieu! » dit-elle, enfin tu combles tous mes vœux,

» Mes frères et mes sœurs par moi vont être heureux.

» Si mes faibles talens me donnent l'opulence,

» Rendre heureux mes parens, voilà ma récompense ;

» Rien ne manque à leur sort, mais je veux l'embellir.

» C'est un devoir, dit-on, pour moi c'est un plaisir.

» Mais ce n'est point assez ; à quoi sert la fortune ?

» Le luxe est un fardeau dont le poids m'importune ;

» D'un modeste repas mes vœux sont satisfaits,

» Répandons sur mes jours le charme des bienfaits.

» Je connais de l'Anglais le noble caractère,

» Il sait avec honneur supporter sa misère,

» Languissant, abattu, pauvre et manquant de pain,

» Sans ramper près du riche, il expire de faim ;

» Hélas! des Irlandais je crois voir les familles,

» Ces mères, dans leurs bras voyant périr leurs filles,

» Sans secours, sans espoir, n'attendant que la mort,

» Et de leurs propres mains voulant finir leur sort.

» Que je voudrais, hélas, adoucir leurs alarmes!

» Eh quel cœur inhumain n'est touché de leurs larmes?

» Je suis Française...... Eh bien ! ce titre glorieux

» Me prescrit le devoir d'aimer les malheureux.

Tandis qu'à ces projets elle livre son âme,

Le jour fuit, et du gaz on aperçoit la flamme;

La foule à l'Opéra s'avance avec transport.

Pour admirer NOBLET on braverait la mort!

Non, ce n'est plus ici cet indigne mélange,

Qui rassemble d'un peuple et l'élite et la fange;

Tel qu'on voit à Paris et sur les mêmes rangs,

La roture du noble envahir tous les bancs.

Dans ce cirque pompeux que la pourpre décore,

La noblesse a des droits que l'on respecte encore;

Ferme appui de l'état, fidèle à ses aïeux,

Un lord ne descend pas de leur rang glorieux,

Et ne voit point braver son illustre famille

Par les brillans d'emprunt dont se couvre une fille!...

Quel éclat, quelle pompe, et quelle majesté!

Que l'heureuse innocence ajoute à la beauté!

O, filles d'Albion! enfans de la nature!

Evitez avec soin et l'art et la parure.

Sur ces cheveux charmans qui flottent sans apprêts,

Une rose suffit quand on a vos attraits......

* Cinq rangs de loges consacrées aux seigneurs d'Angleterre, sont ornés de rideaux d'un rouge pourpre qui font un effet magnifique.

Mais[1] quel accord sublime a frappé mon oreille ?

Du néant, dirait-on, la nature s'éveille,

Quels sons harmonieux pénètrent tous mes sens?

D'une joie unanime on entend les accens.

Et quoi! la liberté si craintive et si fière,

Pour célébrer un prince ouvre sa bouche altière !

Tremblez! républicains, descendans des Brutus !

Un peuple entier proscrit vos sanglantes vertus ;

Libre sous un monarque, il le craint, mais il l'aime,

Et dans ce noble accord voit sa gloire suprême.

O spectacle admirable et digne de mémoire !

Viens Clio! prends la plume, et qu'il passe à l'histoire.

Eh quoi! pour nos plaisirs tu refuses ta main ?

Cruelle! il faut du sang à ton cœur inhumain !

De crimes, de combats, de morts et de ravages,

Tu remplis sans frémir tes immortelles pages,

Et jamais entrechat, bourée, ou pas de trois,

N'y fait diversion au meurtre de nos Rois !

(¹) A l'entrée et à la sortie du Roi, l'orchestre de l'Opéra exécute l'air de *God save the King*, si cher aux Anglais. Pendant ce tems les dames richement parées, tout le monde généralement, et le roi lui-même se tient debout, ce qui présente un coup-d'œil superbe et attendrissant.

Gloire à toi, Maria! beauté pleine de grâces!

Ma plume de tes pas ne peut suivre les traces!

Ah! quel livre charmant! que de lecteurs j'aurais,

Si l'on y retrouvait ta grâce et tes attraits!

Si j'osais emprunter sur ta bouche charmante

Les couleurs dont Pétrarque embellit son amante,

Et faire, en exprimant ce que j'y trouve écrit,

D'un chef-d'œuvre de grâce un chef-d'œuvre d'esprit.

J'ai vu le Roi sourire en faisant ton éloge,

Vingt femmes de dépit se cacher dans leur loge.

Brillant par les talens, cultivant les beaux arts, [1]

Toi seule ne crains pas les perfides brocards, [2]

Et l'éclat de la rampe [3] à tant d'autres funeste,

N'a fait que dévoiler ta figure céleste.

VESTRIS! illustre sang de ce fameux mortel,

Qui voulait qu'à son fils on dressât un autel,

---

[1] Mademoiselle Maria Mercandotti pince de la harpe, et malgré les dispositions contraires de la nature, elle est un modèle de sagesse.

[2] Les demoiselles Brocard, auxquelles ont fait ici allusion, sont l'ornement de l'Opéra de Paris.

[3] La rampe est cette partie du théâtre voisine de l'orchestre, où se trouvent les quinquets ou becs lumineux qui éclairent la scène.

Tu soutiens dignement la splendeur de ta race,

Et dans tes entrechats j'admire ton audace.

Combien d'autres encor que je pourrais citer,

Au rang le plus sublime auront droit de monter !

Pour Noblet je l'épargne, on sait qu'elle est modeste.

Dire qu'on l'applaudit de la voix et du geste,

Que par mille bravos, malgré les envieux,

Son nom déjà connu fut porté jusqu'aux cieux,

C'est tout ce que je puis : un compliment l'offense,

Elle dansa, suffit, et l'on connaît sa danse.

La recette ce jour produisit un trésor;

A la seule Noblet appartenait cet or,

Ou, pour mieux m'expliquer, c'était son bénéfice,

Et le malheur attend un rare sacrifice.

Auprès de ce séjour où règnent les plaisirs,

Où mille objets nouveaux irritent les désirs,

Il est une prison horrible, affreuse, obscure,

Dont l'aspect révoltant fait frémir la nature.

A Londres comme en France un infâme usurier,

Décoré du beau nom d'honnête créancier,

Pour un vil intérêt y plonge sa victime.

Combien d'infortunés sans commettre de crime

Espirent tous les jours dans ces tristes cachots!

Qui pourrait exprimer la rigueur de leurs maux?

L'horreur, le désespoir, le besoin, la misère,

L'éloignement cruel d'une famille chère;

La honte d'inspirer une froide pitié,

L'espérance perdue, ainsi que l'amitié?

Car ici l'innocence a les traits du coupable,

Vous avez du malheur la tache ineffaçable, ·

Plus cruelle, dit on, que celle des forfaits! *

Non, ici l'amitié ne pénètre jamais,

Vos malheurs sont connus; seule elle les ignore;

Heureux si délivré l'on vous connait encore!......

C'est dans ces tristes lieux que pour des soins plus doux,

Une femme barbare, enferme son époux;

Et l'auteur déguisé de sa longue infortune

Eloigne ce témoin dont l'aspect l'importune :

---

* La tache du crime n'appartient qu'à des coupables qu'elle afflige moins
que leur châtiment, mais la tache du malheur pèse souvent sur des hommes
irréprochables que l'infortune poursuit. Tels sont ceux qui, par l'effet de la
révolution ou des malheurs de la France, se sont trouvés injustement dé-
pouillés de leurs biens ou de leurs rentes!

La nature en gémit, mais l'organe des lois

Obéit sans pâlir à leur injuste voix.

Viens! lève-toi, renais, malheureuse victime.

Quitte tes fers, suis-moi; vois cette ame sublime,

Cette ame qui chérit la douce humanité;

Ton sort l'a su toucher, reçois ta liberté;

Dix de tes compagnons, qu'elle arrache à leurs chaines,

Vont trouver avec toi le terme de leurs peines.

Oui, Noblet! Oui, c'est toi qui les rends au bonheur,

A l'espoir, à la vie, à leurs biens, à l'honneur!

Viens voir cette famille à qui tu rends un père,

Ce fils infortuné que réclamait sa mère,

Ces larmes de plaisir qui coulent de leurs yeux......

Mais d'autres voix encor pour toi forment des vœux;

J'entends le doux accord de la reconnaissance,

Et l'Irlande par toi voit calmer sa souffrance!

Honneur à ta grande ame : honneur au nom français,

Quand on l'illustre ainsi par de nobles bienfaits.

Mais à grands cris déjà tout Paris te demande,

Sur son trône Gardel prépare ta guirlande,

Et monarque des jeux, des amours et des ris,

De l'art et des talens te présente le prix.

Pars donc avec Zéphire et tes nymphes agiles,

Vos leçons désormais deviendraient inutiles,

Votre exemple a séduit les beautés d'Albion,

On y bat l'entrechat avec perfection ;

Une Anglaise aujourd'hui pirouette avec grâce,

Faisant comme Roland plus de vingt tours sur place ;

Et dans ses battemens, d'un pied très-aguerri,

Va frapper par mégarde au front de son mari.

FIN.

Imprimerie de M.-P. Guyot, rue Mignon, n°. 2.